Bordesholmer Edition

Band 18
1. Auflage 2014

Per amare se stessi bisogna conoscersi profondamente, sapere tutto di se, anche le cose piu nascoste, le piu difficile di accettare.

Susanna Tamaro, Va` dove ti porta il cuore

Um sich selbst zu lieben, ist es notwendig, sich von Grund auf kennen zu lernen, alles über sich zu wissen, auch die Dinge, die verborgener sind, die anzunehmen uns schwerer fällt.

Für Skanderbeg, Johanna, Marten

und meine Mutter

Martin Schmusch

Lichtungen
Gedichte und Kurzgeschichten

Statt eines Vorwortes

Mein erstes Buch wollte ich schon schreiben, als ich noch nicht lesen konnte, noch nicht lesen wollte. Aber ich ahnte in diesen Urzeiten meines poetischen Daseins schon, dass eine Wolke nicht einfach eine Wolke ist, dass sich im Leben der Erwachsenen Geheimnisse verbergen, hinter die ich nun einmal unbedingt kommen wollte. Es war zum Beispiel der Blick einer jungen Frau, die scheinbar eindeutig neben ihrem Mann gerade den Marktplatz überschritt. Eben nur scheinbar, denn mein klares Auge hatte längst gesehen, dass sich hinter dem zweiten Auge dieser Frau ein Geheimnis, etwas Unausgesprochenes, Ungelebtes, eine Sehnsucht, eine zweite Möglichkeit ihres Lebens verbarg, das es zu ergründen, oder, wie ich bald herausfand, zu benennen galt.

Es war die Zeit, in der ich, da selbst ohne Kenntnisse und vergleichendes, ordnendes Wahrnehmen, sozusagen rein beobachtete und diese Beobachtungen in mich aufnahm, die Eindrücke in mich hineinwachsen ließ.

Was dann kam war das Leben. Und es suchte sich Erfahrungen, die den gesicherten Panoramablick immer wieder wanken ließen, die mir immer wieder den Eindruck vermittelten, auf schaukelnde, im Wind schwankende Schiffsmasten zu blicken.

Offensichtlich gab es da draußen wenig Stetes, wenig Bergendes, und diese Erfahrung führte mich über Unebenen und Umwege zu dem Ort zurück, der mir schon als Kind Heimat war: zur Sprache.

Wunsch

Über dem Gatter
Frost auf der Wiese
Ließe
Gern mich tragen
Von seiner knisternden Hand
Ein Tänzer in weißen Schuhen
Der es hinüberträgt
Leicht
Über Spinnweben der Gedanken
Über Risse des Zweifels
Es hinüberträgt
Unser Erstes
Zaghaftes
Leises

Wer bist du

Du berührst mich
Und den ich selbst nicht kenne
Du meinst mich ganz
Bist ein Wort
Im Fliehen meiner Angst

Du siehst mich
Und den ich selbst nicht sehe
Du meinst mich ganz
Bist ein Lodern
Im Eis meines Schattens

Du hältst mich
Und den ich selbst nicht halten kann
Den ich berühre
Weil Du ihn berührst
Den ich sehe
Weil Du ihn siehst

Wir

Ich vergaß den Wunsch
ein Held zu sein

als du
meine zitternde Hand hieltst

unsere Augen sich trauten

als wir
im Angesicht unseres Kainsmales
uns aufrichteten

an einer Farbe eines Augenblicks
an allen Farben aller Augenblicke

uns zeigten

immer schonungsloser
immer sanfter

uns zeigten

Sonnentage

Unter einem Regenschirm gehen
Zu zweit

Nähe wagen

Mir meinen Raum nehmen
Für all mein Tasten

Dir Deinen Raum lassen
Für all Dein Tasten

Den Segen spüren
Über uns

Deine blaue Kornblume
Mein roter Mohn

Unsere Seelenfalten
Ausgesetzt verwegenen Winden

Morgen

Wenn wir zusammen
aufwachen
Du an meiner linken Seite
Wortlos und schön

Angenommen
Von unseren schlafenden Herzen

Wenn die Sonne
durchs Fenster scheint
Ein Kuss tief und warm
Wie das Lied einer fremden Sage

Aber auch ohne Sonne
Wenn nur der Regen aufs Dach tropft

Aber auch ohne Regen
Wenn wir uns nur an den Händen halten

Statt eines Versprechens

Morgens schon
Säe ich

Richte in meinem Garten
Korinthische Säulen
Gehe auf Zehen
Fremde Ginsterpfade

Nachts singe ich unsere Lieder

Damit meine Angst
Dein Bild nicht versehrt
Meine Scham
Deine Spur nicht verweht

Damit wir erneut
Unsere Hände halten
Über dem Licht
Geliehener Rosen

Illusion

Mein Traum
Von dir
Ist zwischen dir und mir
Und lässt uns mutlos schweigen

Er spielt zum wirren Tanz
Er will
Dass wir uns zeigen
Ganz

Begegnung

Du bist der Stein auf meinem Weg
Der Stock der mich zum Stolpern bringt
Der Wind der rau im Ohr mir ringt
Wenn lauer Frieden hegt

Du bist die Furcht die mich zum Sprechen zwingt
Der Schrecken der den Schein benennt
Die Einsamkeit die weite Trauer kennt
Die Fackel deren Atemsaum
Ich fast berühre

Du bist die Wunde und der leise Raum
Der Milde
Die sanfte und die wilde
Nacht
Der Strom der über uns im Licht
Gestaltlos gebend wacht

Inventur

Blick in den Spiegel am Abend
Ein Auge
Leicht lächelnd
Holzgeruch
Dein Schritt auf der Treppe
Geborgenheit
Treu dem Vertrauten
Mein Lesebuch erste Klasse

Blick in den Spiegel am Morgen
Ein Auge
Leicht lächelnd
Seegeruch
Lauschen dem Wind
Sehnsucht
Treu dem Geahnten
Briefpapier
Auf dem
Schreibtisch

Inventur 2

Mein Auge liegt sanft
Im Schatten des Baumes
Es träumt
Es klingt
Und manchmal singt es
Vom Morgen einer jungen Seele

Wenn herbstlich
Der Rabe ruft
Folge ich seiner mahnenden Sorge
Ich bestelle mein Haus
Und nachts
Warum eigentlich nur nachts
Erzähle ich meinen
Kindern
Von meinen Träumen
Im Schatten des Baumes

Wilder Mohn

Fremde Saat
Von irgendwo
Verirrt
In
Menschengesätes

Lichte Not
Legt ihre
Zerbrechlichen
Augen
In den Schatten
Der Zeit

Tausendfarben
Roter Mohn
Getupft
Vielleicht
Auf
Die Schwelle
Einer
Verwandlung

Anwesenheit

Steine
Wasserlose Blumen
Trockener Staub
Nebeneinander
Jedes das Seine
Bewahrend
Ohne die Maske irgendeiner
Notwendigkeit

Nur Geckos
Rascheln
In ihre Anwesenheit

Erst als der Sandweg zum Gehen zwingt
Und kein Ziel verrät
Fällt mit jedem Klappern
Meines Fahrrades
Ein Tropfen
Ewigkeit
In die Zeit

Hingabe

Aus der Heimat
Der Silben

Aus dem Dom in die Gasse
Uns wagen

Ins Blütenland Wünsche
Uns bergen

Im wortscheuen Schoß
Wo
Waswissenwirblüht

Jetzt

Jetzt
Wandern Wolken
Ziellos

Blätter fallen
Wie Töne sich legen
Mühelos
In die Zeit

Jetzt
Sind
Warum und wohin
Geduldet nur

Und Wörter
Überhaupt
Gäste
Auf Widerruf

Ecce homo

Wüstenbewohner wir
im Schlangenland
jagender Gedanken

Fluchten
vereinzelter Pforten immer wieder
nippen wir
von der Stille
scheinlos
endlich

Lichtung

Zu Satt
Für eine unreine Stunde
Zaudert
Das Flämmchen nur
Schwadenweise
Feierabend
Ungebrochen
In
Jeden Winkel
Ein Hauch
Von zittrigem Zwischenraum
Auch
Die Bilder
Drängen
Aus ihrer Zeit
Brauchen
Ein Glas
Das zu Boden fällt
Und
An der Hand zerrt
Brauchen
Das Knistern
Des Aufbruchs

Endlich

Ich habe mich verliebt
Keine Schmetterlinge im Bauch
Eher Hornklee oder simples Habichtskraut
In jemanden habe ich mich verliebt
Den ich schon so lange kenne
Doch meist habe ich ihn übersehen
Seinen feinen kräftigen Gang seine Augen
Haben so oft zu mir gesprochen
So oft nach mir gefragt
Er hat mir immer zugehört
Ich ihm selten
Manchmal nicht einmal
Wenn er weinte
Seine Hände habe ich schon berührt
Seine Lippen nie
Bis ich ihn gestern sah
Als ich ins Badezimmer ging
In meins meine ich
Und in den Spiegel schaute
Da hat er mich berührt
Da hab ich ihn gesehen
Blütenblattnah
Und ich bin wirklich sehr verliebt seitdem

Griechischer Tempel

Das Licht im stillen Warten seiner Säulen
Gibt unserem Weg die Nähe
Die ihn zur Brücke macht

An seinen Brüchen neben Orleanderblüten
Schon beginnen wir
Mit einem ungesprochenen Wort

Das vordem seine Dauer war
Und seine Gabe
Seine Zeit

Und das ihn jetzt erlöst
Wenn wir den leeren Raum
Wie Schattennot aus Kindertagen
Durchgehn

Und seitdem
Mit Hunden herrenlos und streunend
Schon manchmal sprechen
Und uns nicht mehr
Lästig sind

Stille

Manchmal lege ich
Meine Hände
Ins Niemandsland
Zwischen die Regentropfen

Manchmal berge ich
Meine Augen
Am Wegrand der Wünsche

Als ob es
Doch zu gebrauchen wäre
Manchmal
Das Wachen des Schweigens

Narziss

Sternschnuppen
Den tastenden Augen
Wächter in brückenlosen Träumen
Wann
Endlich
Erlöst vom Wahn
Dass was blüht
Ohne Liebe

November

Über Nacht
Ist der erste
Schnee gefallen
Fernher
Schreit ein Rabe
Winterlich
Draußen
Ein kleines Mädchen
Ruft
Ihre große Schwester
Vielleicht
Vielleicht den Frühling aus
Der schon jetzt
Unsere Seelenhaut
Streift

Kairos

Ich suche einen Stoff
Für ein Gedicht
Das Herzen bricht
Um mich herum jedoch
Ist alles so normal
Fatal
Für ein Gedicht,
Das Herzen bricht

Da seh` ich jene Kerze dort
Ich zünd` sie an
Und Rauch
Steigt auf
Ach denk ich
Welch göttlich Hauch
Wird gleich mich inspirieren
Wird in das All mich integrieren

Es öffnet leise sich die Tür
Da steht mein Sohn
Der Max und sagt
Papa wir essen schon
Kommst du jetzt auch
Dann plustert er die Backen auf
Das Licht geht aus auf steigt der Rauch

Für ein Gedicht
Das Herzen bricht
Ist jetzt so gut
Scheint mir
Der Zeitpunkt
Nicht

Bank am Meer

Ich bin eine Bank am Meer
Auf der gerade niemand sitzt
Meine Zeit ist immer vor allem jetzt
Am Morgen
Wenn die Möwen aufschreien
Und die Winde schweigen

Ich erzähle gern vom Meer
Seiner Größe
Seiner ewigen Wiederkehr
Seiner Lust
Den Strand zu berühren und
Wieder zu gehen

Von seiner Zwiesprache mit dem Himmel
Ihr nennt es Winde und Wolken
Von der Ruhe seiner fortwährenden Bewegung
Von seinem Hinübergehen
Ihr nennt es Grenze und Horizont
Von seiner Zärtlichkeit mit sich selbst
Ihr nennt es Stille

Vielleicht könnt ihr jetzt verstehen,
Wie zufrieden ich bin
Auch wenn niemand auf mir sitzt

Novemberhaus

Wege
Blätterverschneit
Astern welken
Im Rabengeleit
Zeit aus dem Fenster
Zu schauen

Zeit sich selber
Zu trauen

Bilder von gestern
Ein wissender Ort
Von irgendwoher
Ein freundliches Wort

Die Sonne ahnen
Durchs Nebelvisier
Lieder singen
Am liebsten
Mit dir

Ein altes Buch
Eine Sage
Stille
Die ich
Wage

Stille
Die mich trägt
Wenn der Wind
Betont ans Fenster
Schlägt

Ungeduld

Von der Hast meiner Schritte ertappt
Aufgerufen von irgendeiner
Kindskopfmiene erlesen von der
Wärme deiner Augen

Trete ich aus dem Asphalt
Der berechneten Zeit wundere mich
Über meine Mauer aus Sein-Sollen
Springe einfach ins Meer meiner Träume

Und taste
Ungeduldig
Nach den Korallen der Liebe

Tau

Tau
Am Morgen

Diamanten
Sonnenbegabt

Ein Netzwerk
Aus
Lächeln

Angekommen

*Am Ufer meines Sees träumte ich als Junge
den flüchtigen Kreisen nach
wenn ich einen Stein ins Wasser warf
Von denen war mein Traum
die austreten
aus der Fata Morgana fremder Erwartungen
Von denen war mein Traum
die sich beim Mut der Menschen bedanken
die in unserer Gegenwart weinen
die die Sehnsucht nach dem Panoramablick
auf ihr Leben aufgeben
und die nein sagen wenn sie nein fühlen
die überhaupt etwas fühlen
und es uns spüren lassen*

*die nach ihrem eigenen Gusto gestalten
und ihre Freude darüber
in die Welt hinausjauchzen*

*Und während ich so träumte als Junge
wurde der See ganz still*

Der Stein tauchte in die Tiefe
unsichtbar

Heute war ich wieder am Ufer meines Sees
Ich hob einen Stein und warf ihn
Wieder flüchteten die Wellen zum Ufer hin
Der Stein wirbelte wieder mächtig im Grunde des
Sees
Und ich sah wie er dort liegen blieb
ganz deutlich
als sei er endlich angekommen

Dir

Wenn ich tanze tanze ich in deiner Glut
In Kleidern geh ich die die Sonne webt
Durch Weiden gleite ich auf weißen Kähnen
Und sehe sorglos deine Tränen
Die du weinst
Und die verborgen sind
Die Narben deiner Schale Herz
Zier ich mit goldenem Juwel
Kerzen trage ich in dunkle Schächte
Ein Licht trägt mich nach irgendwo
Ich glaube an die sanften Nächte
wenn wir auf alten Träumen gehn
Ich glaube an den Atem einer Welle
Und bin ein Blatt
Geduldig Winden hingegeben
Ich suche nichts
Ich bin das Leben

Zu hören und zu lesen

Ich saß im Lenz *in einem* Heine
Und Schnitzlerte Holz.
Mann *dachte ich*
Wäre ich bloß Jünger
Stramm *nicht so* Grimm
Frisch Andersch *halt*
Ich Brechte Bäume
und fürchtete keinen Wolf
Weine *würde ich* Heben
Und dort bei den Eschen am Bach
Pflückte ich dir einen Schillernden Strauß
So aber steige ich mit Feuchten Wangen
In meinen Carossa
Und fahre durchs Hofmannsthal
Über Bergengruen
Zurück nach Plenzdorf

Ende

Königsweg

*Oft auf Asphalt ging ich den galizischen Bergen entgegen. Noch bevor ich darüber nachdachte, wusste ich, dass heute Samstag war. Die Nachmittagsmilde der Samstage hatte sich längst eingestellt. Die Sonne war wohltuend, nicht gleißend und um die Einfamilienhäuser herum richteten sich die Menschen ihre feierabendliche Ruhe ein.
Jungen und ein Mädchen standen sorglos plaudernd neben einem Mofa, an dessen Gasgriff immer wieder abwechselnd gedreht wurde. In einem Lebensmittelgeschäft sprach die Verkäuferin noch lange mit der Kundin, nachdem die Einkaufstasche längst gefüllt war. Sie sprachen, so schien es mir, langsam und lachten viel. Aus dem Bambusvorhang kam ein kleines Mädchen, auch sie sprach mit der Kundin. Wieder wurde gelacht. Die Mutter gab der Tochter einige Datteln in die Hand. Die Tochter verschwand wieder. Als ich an der Reihe war, wurde das Gesicht der Verkäuferin wieder streng und sachlich. Ich war ein Fremder.
 Draußen auf dem Asphalt fand ich schnell wieder meinen Schritt. Ich hätte nicht sagen können, dass ich meine Beine nicht spürte, sie waren schwer,*

hatten sich jedoch längst verselbstständigt, von meinem Willen abgelöst. Sie gingen einfach, meines Kommandos entledigt. Der Rhythmus des Gehens hielt mich in der Fremde, die Erinnerungen auch. Manchmal traten meine Erinnerungen leise zurück, bildeten den Unterton meiner gegenwärtigen Wahrnehmungen. Wie eine gelungene Filmmusik traten sie nicht zwischen mich und die Realität, sondern konzentrierten mein Hören und Sehen.
Trockene, dürre Wiesen, erlöst durch das dunkle, satte Grün der Zypressen und Pinien.
Silhouetten entfernter Berge in Blau.
Kirschen, die ich mir aus den großzügig und offen angelegten Gärten nahm.
Die Zweige reichten sich bis auf den Weg und drängten ihre Früchte geradezu auf.
Eine Steinkirche ohne Glas in den Fenstern, ein schlichtes Eisenkreuz auf dem Turm.
Über das Feld schritt gemächlich ein Fasan.
Der Schotterweg jetzt. Ich ging langsamer. Automatisch.
Alles, was nicht Gegenwart war, trat weit zurück und gab dem, was in diesem Moment war, Raum und Tiefe. Ich war neugierig bei jedem Geräusch, vor jeder Kurve, was sich da auftat. Hörte meine eigenen

Schritte, die sich ähnlich waren, nicht gleich. Verlor mich in der Sattheit des Augenblicks.
Es war die Hingabe zum Augenblick, die mir Halt gab. Die mich von der Vorstellung erlöste, etwas tun zu müssen, um etwas zu erreichen. Die mir den Schatten nahm, den Schatten einer Stimme, die meine Taten lobte oder richtete.
Es raschelt im Gras direkt neben dem Weg. Ich bleibe stehen. Sehe den Kopf zuerst. Sie kommt langsam in meine Richtung. Ich bleibe stehen, weil ich sie sehen will und weil ich weiß, dass ich ihr gewachsen bin. Wenn nicht jetzt, wann dann. Wenige Meter vor mir sieht sie mich. Sie hebt den Kopf. Wir schauen uns in die Augen.
Auch ihre Augen haben eine Pupille. Ich weiche nicht, weil ich mich gesehen fühle. Ich weiche nicht, weil ich mich angstfrei fühle. Käme sie näher, ich weiß nicht, was ich täte. Sie kommt nicht näher, verharrt in dieser Stellung und sieht mich an, beinahe als würde sie mich erkennen, als ihresgleichen erkennen. Wir begegnen uns gewissermaßen in der Achtung vor der Würde des anderen, die Nähe zulässt. Ich spüre meinen tiefen Atem und verstehe, dass Angst der Feind jeder Begegnung und die Hingabe an den Moment etwas ist, das sich nicht herstellen lässt, das da ist, immer da sein kann und jede

Angst in Anerkennung, wenn nicht Liebe verwandelt. Wir halten eine Weile so inne. Dann bewegt sie ganz langsam ihren Rumpf, schlängelt sich zurück, den Kopf in jener königlichen Haltung bewahrend, ihre Augen auf mich gerichtet. Schließlich ist sie im hohen Gras verschwunden.
Ich fühlte mich allein. Allein?

Carlo

Eine Liebesgeschichte

Ich lief immer weiter, der Schnee war so dicht, dass ich ihn immer wieder mit der Zunge von den Lippen leckte und seine Kraft schmeckte, Erinnerungen an Winternachmittage, Kinderwinternachmittage, Wollhandschuhe, vom Schnee durchtränkt, die ich mir mit den Lippen von den Fingern abziehe. Sie riechen nach frostigem weißen Horizont, nach der Sehnsucht zu trotzen, der Eiseskälte zu trotzen, die längst unter die Haut eingezogen ist, den hohen Schneeverwehungen, durch die wir wie Polarabenteurer stapfen, dem Wind, der hartnäckig in den Augen klirrt. Harzgeruch auch, der Gedanke an das Feuer im Küchenherd, das Knacken und Lodern, die Herdplatten und Eisenringe, auf denen die Pfanne mit den Bratkartoffeln brutzelt, zu der wir dann am Abend doch zurückkehren, anstatt wie Scott und Amundsen mit den Polarhunden im Schnee die Nacht zu verbringen. Wir sitzen dann auf der Ofenbank, reiben noch manchmal unsere roten Hände, die wir langsam wieder bewegen können, sehen aus dem Fenster, wie eine blaue Nacht den Schnee dämpft, hören irgendwo, es scheint uns unendlich fern, einen Hund bellen. Sehen

ein orangegelbes Licht im Haus am Waldrand, in dem eine alte Frau wohnt, die uns immer Marmeladebrote schmiert, wenn wir sie besuchen. Wir sind einfach nur froh, dass wir nicht draußen sind, das Bellen des Hundes und die Träume vom Nordpol nehmen wir mit in die Nacht.
Und dann kam Carlo. Als er an Weihnachten unter dem Tannenbaum in seinem Körbchen lag, noch winzig, war ich so glücklich, dass ich die anderen Geschenke kaum sah, sie nur auspackte, um nicht zu verletzen. Carlo war ein Schäferhund mit halb herabhängenden Ohren und hoch geringeltem Schwanz. Er war also nicht reinrassig, was mir völlig egal war, meine Eltern allerdings dazu herausforderte, ihm ein Stück roten Gartenschlauch als Schwerkraft an den Schwanz zu binden, in der Hoffnung, der bliebe dann unten. Als man den Schlauch abnahm, blieb er aber nicht unten, die Eltern gaben auf und Carlo durfte wieder Carlo sein.
Wenn ich von der Schule nach Hause kam, lief ich, bevor ich an Essen oder gar Hausaufgaben dachte, in den Garten und scherzte, schmuste, spielte mit ihm. Ich hatte Freunde, aber Carlo war ein ganz besonderer Freund, mit ihm, so schien es mir, konnte ich meine verwegenen Träume wahr machen. Mit ihm konnte ich durch das Hochmoor hinter unserer

Stadt Nachmittage lang allein pirschen wie Huckleberry Finn. Mit Carlo fühlte ich mich sicher und geborgen und zugleich hatte ich in ihm einen Mitstreiter, seine neugierige Schnauze verriet mir, dass wir beide eine grenzenlose Lust verspürten, die einsamen Steppen und Wälder dieser Welt zu durchstreifen.

An einem sonnigen Nachmittag war ich mit meinen Freunden im Jungholz unserer Prärie in der Nähe eines eingefallenen, ganz allein stehenden Hauses, das wir „House of the rising sun" nannten. Carlo war natürlich dabei und wir spielten Räuber und Gendarm. Carlo und ich waren Räuber, wir hielten uns in einem geschützten Versteck in hohem, gelbem Gras hinter jungen Tannen. Mein Hund spürte, worauf es ankam, dass wir im Kampf um Gerechtigkeit gegen die bestechlichen Sergeants unsere Freiheit verteidigen mussten. Carlo war fast mucksmäuschenstill, ich hörte nur sein Hecheln, mein kontrolliertes Atmen, war immens stolz auf meinen Hund, der auch dann nicht bellte, als die Schritte draußen ganz nah waren. Eine ganze Weile hielten wir so aus, plötzlich begann Carlo entsetzlich zu wimmern und mich wegzuziehen. Ich wollte ihm schon einen bösen, mahnenden Blick zuwerfen, als ich direkt zwischen ihm und mir, keinen halben Meter entfernt, eine

wunderschöne Kreuzotter den Kopf heben sah. Sofort waren wir draußen auf dem Weg, die gefährlichen Sergeants wurden Mitwisser unseres bestandenen Abenteuers und schnell wieder Freunde.
Als ich aber an einem Wintertag von der Schule nach Hause komme und vor dem Zaun stehe, hinter dem Carlo immer hochsprang und mich japsend begrüßte, ist es still. Ich laufe in den Garten, auch dort nur Stille. Stürme in das Geschäft meiner Eltern, frage ungefragt, obwohl Leute zu bedienen sind, nach Carlo. Über den Zaun gesprungen und weggelaufen. Keine Zeit gehabt weil Kundschaft im Laden. Wann? Schon vor zwei Stunden.
Mich packt entsetzliche Wut, dass es meine Eltern in ihrem Leben immer noch nicht gelernt haben, das menschlich Wesentliche vom praktisch Nützlichen zu unterscheiden, weiß, dass es zwecklos ist, das jetzt oder irgendwann zu sagen und vor allem, dass es jetzt auf etwas anderes ankommt. Ich stehe wieder wie vorhin vor dem Holzzaun. Auf dem Boden seine Tatze im Schnee. Ich schaue sie mir genau an, zähle die Eindrücke, merke mir das Bild und gehe der Spur, so wenig winterfest angezogen, wie ich bin, langsam nach, so ganz auf ein Ziel gerichtet und konzentriert, wie ich nie auf einer Schulbank saß. Auf dem Weg zu Frau Reiter, der lieben, alten Frau mit

den Marmeladebroten, halte ich die Spur, halte sie durch eine dichte Tannenschneise und auf dem schmalen Pfad im Hochmoor. Es ist jetzt eigentlich keine Spur mehr, ich sehe zwei Eindrücke jeweils hinter einem aufgewirbelten Schneehügel, Carlo muss also durch den tiefen Schnee gehechtet sein. Was er wohl sucht.
Im Wald dann gibt es weder die Tatzenabdrücke noch die aufgeworfenen Hügel. Nichts.
Die Leere, die ich fühle. Es ist eine fürchterliche Gleichförmigkeit, die sich da im Schnee vor mir ausbreitet. Immer wieder durchbreche ich dieses verräterische Schweigen im Schnee, indem ich voraus laufe, nach Anhaltspunkten suche, noch häufiger als vorher und vor allem noch lauter seinen Namen rufe. Immer wieder gehe ich zu seinem letzten Zeichen zurück, bleibe ratlos stehen, Tränen in den Augen, die ich kaum spüre, so sehr bin ich damit beschäftigt, etwas Hilfreiches zu hören, wenn ich schon nichts mehr sehe. Schließlich renne ich einfach los, ohne Plan, ohne die beginnende Dunkelheit auch nur flüchtig ernst zu nehmen, völlig vom Weg ab, brülle „Carlo" in jede finstere Baumhöhle, die mich da angähnt, spähe unentwegt auf den Boden. Komme zu zwei Häusern, klopfe an, man sagt mir, ja, einen grauen Schäferhund mit Ringelschwanz habe man

gesehen, man zeigt mit ausgestrecktem Arm in die Richtung, weiter in den Wald hinein, fragt, ob ich nicht heim müsse, versteht nicht, dass das jetzt nicht geht.
Die Spur aber finde ich nicht mehr. Was jetzt folgt, ist kein Suchen mehr, ich stapfe und wate durch den tiefen und wegen der Kälte leichten Schnee, nass bis unter die Haut, weine und schluchze und kämpfte mich energisch durch die Verwehungen, beschleunige meine Bewegungen, rufe immer lauter nach dem Hund, um den Schmerz nicht zu spüren, die Einsamkeit, die so dunkel ist wie die blaue Nacht, die sich jetzt wie eine segenlose Öde um mich auftut. Ich denke nicht, wie es wäre ohne Carlo. Wüte mich weiter durch den Schnee und wehre mich kaum mehr gegen die Bitterkeit, die sich durch die nassen Schuhe in mein Mark schleicht.
Unvermutet komme ich zu einer Futterkrippe, die ich kenne, ich bin in der Nähe des Stockweihers. Plötzlich wie Vogelstimmen in einem Albtraum der Gedanke, Carlo kann ja den Weg zurück gelaufen sein. Vielleicht sitzt er vor der Haustür oder ist längst hinterm Ofen, während ich in der Nacht herumirre. Meine festen und schweren Stiefel werden wieder ganz leicht und ich bin schnell zu Hause. Reiße die Tür auf. Ignoriere völlig die vorwurfsvollen Blicke

und Zurechtweisungen. Trete in die Küche. Wieder diese grausame Ruhe.
Frage einmal, zweimal. Obwohl ich die Antwort schon weiß.
Beim Abendessen kaue ich an einer Semmel, wundere mich nicht darüber, dass meine Eltern und Geschwister denselben Appetit haben wie sonst auch, wundere mich nicht über die banalen Gespräche, die mich so wenig erreichen wie der Geruch der dampfenden Würste. Der leere Teller vor mir ist wie die Schale meiner Einsamkeit, aus der mich jetzt nichts und niemand erlösen kann. Gott sei Dank klingelt es an der Tür. Ich habe einen Grund auszutreten aus der Gemeinschaft, zu der ich in dieser Stunde nicht gehöre.
Draußen steht mein Schulkamerad Karlheinz. In der linken Hand hält er stramm einen Strick, den er Carlo, als er ihn hinterm Nonnenwald herumstreifen sah, an seiner Halskette festgebunden hat.

Eine Bank für drei

Es war nicht leicht, das kleine Plätzchen über der Piazza zu finden. Und schon gar nicht konnte er ahnen, dass dort eine Bank ganz für ihn allein wartete. Als er die schmalen Treppenstufen sah, die unerwartet von der Via Garibaldi abzweigten, ließ er sich lediglich von einer Katze, die unter den grünen Holzlamellen auf einer Türschwelle lag, dazu verleiten, ihnen zu folgen. Die Katze hob den Kopf, als er auf gleicher Höhe war. Er strich ihr sanft über den Rücken, dazu musste er seine beiden Bücher und das Federmäppchen auf den Treppenabsatz legen, was ihn eine gewisse Überwindung kostete, der Boden war etwas schmutzig und die Bücher gehörten nicht ihm.
Die Fenster standen fast alle offen, er hörte eine junge Frau immer wieder „Anna, Anna", rufen, schließlich kam sie vor die Tür, warf ihm einen freundlichen Blick und klingende Worte zu, die er allerdings nicht verstand, und verschwand wieder. Schon auf die letzten Treppenstufen legten sich das Licht der warmen Nachmittagssonne und das Azzurro des Meeres, das er erst sah, als er die Bank erreichte.

Obwohl er gestern von der Anlegestelle eine Stunde serpentinenlang in der Abenddämmerung bergauf ins centro des Dorfes gehen musste, konnte er durch die weißen, steil abwärts führenden Häuserzeilen die Gischt sehen. Er wunderte sich auch, dass er bis hierher das stetig wiederkehrende Ankommen der Wellenschläge so deutlich hörte.
Neben der Bank stand eine Ulme.
Er setzte sich in den Schatten, wollte oder sollte eigentlich lesen.
Doch er schob die Bücher etwas zur Seite, legte den Kopf auf die Rückenlehne und schloss die Augen. Das Meer kam noch näher und er fragte sich, warum er sich gerade dieses Thema für seine Prüfung hatte geben lassen. Dann nahm er doch das schmalere der Bücher, las den Titel laut: Wahrheit und Sprache, blätterte in den ersten Seiten, las wieder laut, machte eine Pause, als erwarte er durch die Gassen eine Antwort vom Meer.
Als er die Schritte hörte, hatte er gerade die ersten Sätze notiert:

Durch die Sprache offenbart der Mensch sein eigentliches Wesen.

Nur mit Hilfe der Sprache wohnt der Mensch in der Welt, findet in ihr Grund und Sicherheit. Die Wörter sind das Haus des Seins.

Während er die letzte Formulierung unterstrich, bemerkte er nicht, dass die Frau fast neben ihm stand. Sie neigte sich ein wenig herab, sie schien nicht von hier zu sein, ihre Haare waren blond, und was er hörte, war unverständlich und seltsam fremd, erstaunlich kurz für eine Frage. An ihrer Handbewegung erkannte er allerdings, dass sie sich auf die sonnige Seite der Bank setzen wollte. Si, si, sagte er, dann las er weiter, bemerkte jedoch, wie die Frau in die Gasse winkte, aus der er vorhin selbst gekommen war. Gleich darauf setzte sich ein Mann, der genauso klein war wie die Frau, neben sie, ohne auch nur mit einer fragenden Geste um Erlaubnis zu bitten. Er wusste nicht genau, ob er sich über diese Achtlosigkeit, wie er empfand, ärgerte oder doch darüber, dass seine neuen Nachbarn mit Schinken belegtes focaccia auspackten, was ihn seinen eigenen Hunger spüren ließ, da er seit einem dürftigen Frühstück in der Bar nichts mehr gegessen hatte.
Er unterkringelte mit seinem Bleistift. Stille neben ihm. Dann hörte er deutlich ein wohliges Schmatzen, fast in einem Takt. Kurze, unverständliche, seltsame Laute darauf. Und das in einem fremden Land, ganz schön rücksichtslos, dachte er und spitzte den Bleistift.

*Als das Schmatzen des Mannes in ein grunzendes Stöhnen überging, blickte er, da er nicht mehr konzentriert zu lesen vermochte, genervt zur Seite.
Beide bissen vergnügt in ihre Schinkenbrötchen und lachten einander mit den Augen zu. Ihre freie Hand hatten sie ineinander gelegt und die Frau wippte abwechselnd mit ihren Beinen unter der Bank, wie ein junges Mädchen. Nichts war zu hören, und doch, so sah er jetzt, waren die beiden in ein inniges Gespräch vertieft, ein Gespräch mit ihren Händen, Augen, ja mit dem ganzen Körper. Sogar die stockenden Vokale, die manchmal nach gewaltigen Bewegungen ihrer Münder zustande kamen, schienen sie zu verstehen. Plötzlich nahm die Frau ihre Hand aus der des Mannes, legte vorsichtig das Brötchen auf eine Serviette und machte dem Mann mit beiden Händen Zeichen. Zarte Gebärden mit spielenden Fingern.
Der Mann nickte fröhlich aufgeregt, antwortete mit seinen Fingern, langte dann schließlich in seine Plastiktüte, stand auf und stellte sich neben ihn. Die focaccia, die der Mann ihm mit beiden Händen reichte, war mit Salami belegt.
Verlegen sah er in das heitere Gesicht. Er wollte eigentlich grazie sagen, aber es waren unverständ-*

liche kurze, seltsame Laute, die er sich stammeln hörte.

Mendelssohn nach acht

Rötlicher Schimmer bewegt sich unter der dünnen Decke aus Eis.
Stumm und klaglos. Ohne die Zeit zu wissen, ohne den Frühling zu kennen, ohne Vergangenheit, ohne Hoffnung. Ganz im Hier und Jetzt ihrer sich ständig wiederholenden Bewegung.
Ich muss mich schon einige Zeit in die Betrachtung der Goldfische verloren haben, als Thomas sich neben mich auf die Holzbank setzt.
„Wie fremd sie mir geworden sind, seit es gefroren hat. Diese hauchdünne Schicht hat sie meilenweit entfernt."
„Irgendwie schon", sagt er, „aber die sehen das bestimmt ganz anders, immerhin sind sie ganz in ihrem Element. Und außerdem sind sie nie allein."
Seine leichte Art, mich in meinen Gedanken abzuholen, mag ich manchmal, zum Beispiel jetzt, recht gern. Ich stehe auf, streichele ihm mit den Fingerspitzen über die Schläfen, drücke mit der anderen Hand gegen die Innenseite seiner Hand und – ja, ich weiß gar nicht, ob ich selbst lächele – sein Schnurrbart jedenfalls verzieht sich leicht zu jenem bekannten, warmen Gesichtsausdruck, in den ich

zuallererst verliebt war und von dem ich jetzt sagen kann, mit einer sicheren Ruhe sagen kann, dass ich ihn liebe, und dabei komme ich mir keineswegs pathetisch vor.
Es fing alles so verrückt an.
Eine lange Party im Sommer am Strand.
Ich hatte gerade mein Studium abgeschlossen, war stolz auf mein glänzendes Examen und lief herum mit dem Gefühl, dass mir jetzt die Welt gehört, dass alle Botaniker, Laborbiologen und Professoren sich die Finger danach leckten, mit einer Frau wie mir zusammenzuarbeiten. Ich war ganz schön high und ganz schön selbstbewusst. Und neben der Fackel im Sand, vor sich Schinkenscheiben, Käse und Tomaten auf Papptellern fein zurechtgelegt, saß Thomas und bot mir von seinen Delikatessen an. Ich musste ziemlich hungrig gewesen sein und aß drauf los, jedenfalls sagte er bald zu mir: „Du bist eine Akkordgenießerin." Das machte mich nachdenklich und ihn mir, abgesehen von seinem netten Schnurrbartlächeln, zuerst interessant.
Wir alle erzählten dann, die Geschichte war ja noch warm, von unseren Prüfungen und Erfolgen und vom Aufbruch in eine Welt jenseits der Vorlesungen und Seminare, eine Welt, von der keiner von uns etwas Konkretes wusste, in die wir uns aber gern

hineinträumten und die uns mit ihrer Fremdheit lockte und anzog. Thomas hörte meistens still zu und stellte Fragen, die verrieten, dass er Genaueres wissen wollte, dass er sich mit unserer Höhenflugeuphorie nicht zufrieden gab. Manchmal musste ich bei seinen Fragen länger überlegen, entweder weil doch, so fand ich, die Antwort ganz klar war und ich ihn mit einer schnippischen Wendung nicht verletzen wollte, oder weil ich wirklich in mir länger graben musste, bis ich etwas sagen konnte. Zum Beispiel fragte er mich, warum ich während der Examenszeit mit dem Geigespielen aufgehört hatte. Was sollte ich da sagen, das war doch ganz klar, oder.

Dennoch war die Stimmung so gut, dass meine Freundin Tanja, Thomas und ich uns für übermorgen verabredeten. In die Lüneburger Heide wollten wir, für drei Tage, mit Rucksack und Zelt.

Um acht Uhr früh also wollten wir aufbrechen und natürlich war Tanja schon um viertel vor acht da. Bis halb neun dehnten wir unser Frühstück problemlos aus, dann wurden wir ungeduldig, denn keine Spur von Thomas. Meine Erfahrungen mit Menschen, die zu spät kommen, erstreckten sich auf wenige bescheidene Beispiele, bisher, so dass ich mir nur vorstellen konnte, ein triftiger, unangenehmer

*oder gar fataler Grund musste vorliegen: eine Autopanne, der Anruf einer Großmutter, die ihr Hörgerät nicht mehr findet, oder noch Gewaltigeres. Tanja ging es ebenso und so erfanden wir eine Story nach der anderen, zuerst besorgt und ernst, dann fanden wir Spaß daran. Tanjas letzte Version war, dass Thomas die Speisekammer seiner verheirateten Geliebten nicht verlassen kann, weil der Ehemann unversehens aufgetaucht ist. Das fand ich wohl damals schon nicht lustig, denn ich nahm sofort den Telefonhörer zur Hand. Eine warme, freundliche Stimme meldete sich: Thomas in bester Laune. Er wäre gleich so weit, wir sollten doch bei ihm vorbeikommen, dann ginge alles viel schneller. Tanjas Wutausbruch konnte er kaum überhört haben. Völlig unverständlich war ihr dann, als ich mich tatsächlich entschied, dort aufzutauchen.
Gereizt bis auf die Knochen nahm sie ein Buch aus meinem Regal.*

Dreimal klingeln. Das reichte, um auch meine Wut empfindlich aufwallen zu lassen. Eine aus der WG öffnete und führte mich in die Küche. Mitten in der Korona seiner sich noch in Nachtgewändern befindenden Mitbewohner und Mitbewohnerinnen, er selbst im Morgenmantel, saß er. Reich gedeckt der

Frühstückstisch, Schafskäse und Tomaten in kleinen Scheiben, eine Schüssel mit frischen Brötchen, es roch nach Kaffee und Spiegelei. Die Wuttirade, die ich mir vor der Tür zurecht gelegt hatte, mit der ich Thomas entweder entschieden und kompromisslos in mein Auto bringen oder ihn aber hier seinem unverfrorenen Chaos überlassen wollte, diese Wuttirade wollte mir nicht so recht über die Zunge. Es war auf keinen Fall Höflichkeit gegenüber den anderen Mitbewohnern, es geschah etwas mit mir, dem ich nichts entgegensetzen konnte und vermutlich auch nicht wollte. Die Vormittagssonne, die durch die großen Balkonfenster schien, und das Violinkonzert von Mendelssohn-Bartholdy aus dem Hintergrund eines der Zimmer machten meine Kapitulation komplett: Ich setzte mich auf einen für mich längst bereit gestellten Stuhl und ließ mir gern Kaffee einschenken.

Es erübrigt sich zu sagen, dass das Gespräch entspannt und wohltuend war, dass ich, als ich gegen Mittag endlich an Tanja dachte, ihre völlige Verständnislosigkeit, ihre verständliche Gereiztheit gelassen aufnahm, dass wir schließlich zu zweit fuhren, das heißt: Thomas und ich.

Allerdings bleibt zu erwähnen, dass „schließlich" ein relativer Begriff ist, dass, wie sich herausstellte,

Thomas noch nichts gepackt hatte und einige Wäscheteile halbtrocken auf der Leine auf dem Balkon hingen. Ja, und da war da noch die Sache mit dem Schlafsack. Der befand sich noch bei Roland, den wir einfach nicht erreichen konnten. Als er sich schließlich meldete, war es später Nachmittag geworden, ich fuhr zu ihm aufs Land, holte den Schlafsack, während, wie ich hoffte, Thomas seinen Rucksack packte.

Am nächsten Morgen, immerhin genau um acht, fuhren wir in die Heide.

Es wäre unehrlich und irreführend zu behaupten, dass ich damals aus Verliebtheit nichts mehr sah, dass ich wie sehnsuchttrunken durch diesen Tag stolperte. Eigentlich sah ich ganz klar. Diese Faszination, diese Anziehung des Ungewohnten und Fremden war unwiderstehlich geworden. Es war ein Eingeständnis mir selbst gegenüber, das Eingeständnis, dass ich mehr war, als ich bisher gelebt hatte.

Lila Bett

Wer in aller Welt wollte schon ein lila Bett, ein rundes noch dazu!
Ferdinand stand lange am Fenster und sah zu den Rotbuchen hinüber, die gleichgültig mit dem sanften Wind spielten, als wäre nichts geschehen, als wäre alles beim Alten geblieben.
Unten der Spielplatz mit dem hellen Lachen der Kinder und den kurzen Rufen, die sich eine Zeit lang in der Luft hielten.
Ferdinand stand still da, scheinbar ruhig und beobachtend. In Wirklichkeit aber hatte sich zwischen ihn und dieses Draußen etwas geschoben, ein schwarzes Netz, in dem sich sein Suchen immer wieder verfing.
Als die Frau am Telefon nach Andrea Lohne fragte, war er patzig und legte auf.
Aber das Telefon läutete wieder und wieder, und es waren immer wieder andere, die dieses verdammte lila Bett haben wollten und denen der Preis, den Ferdinand in einem Streit – und es war ihr letzter Streit gewesen – noch unangemessen in die Höhe getrieben hatte, denen dieser unverschämte Preis gerade recht war. Alles wollten sie bezahlen, nur

damit er, Ferdinand, der Leere der weißen, frisch gestrichenen Wände den Rücken zukehren musste, hinausstarren musste in die Sinnlosigkeit der Bewegungen, die ihm fern und unwirklich waren.
„Ja, am Montag früh, neun Uhr, können Sie es abholen, Samwerstraße drei, zweiter Stock rechts, Lohne", hörte er sich sagen.
Dann ging er – und er wunderte sich über die Langsamkeit seiner Bewegungen – die Treppen hinunter, vorbei am fahlen Essensgeruch der Nachbarwohnungen, hinüber zum Park.
Er fand sich unter den Rotbuchen. Einzelne Blätter lagen am Boden.
Er setzte sich auf eine Bank. Wieder hörte er die Stimmen vom Spielplatz her. Das Rufen und Lachen der Kinder kam nun näher. Bald war es nicht nur aus der Richtung zu hören, in der die Kinder spielten. Es war überall. Es legte sich um ihn herum wie Morgenluft beim ersten Öffnen des Fensters.
Er musste lange so gesessen haben, und als er sich erhob, sah er auf die Blätter am Boden, die leuchteten ihm mit der Wärme ihrer Gelassenheit entgegen.

Die letzte Rose

Es war die letzte Rose am Strauch vor meinem Fenster.

Das heißt, sie stand nicht direkt vor meinem Fenster, sonst hätte ich sie von meinem Schreibtisch aus gesehen. Ich sah sie jedoch erst, nachdem ich in den Morgentau dieses Spätherbsttages getreten war, barfuß, und, gegen meine Gewohnheit, auch zur Südseite meines Hauses gegangen war.

Da nun sah ich sie. Ein Hauch von Rosa die Blätter. Ich kam überhaupt nicht auf die Idee, sie als tapfer zu bewundern oder ihre Einsamkeit zu sehen, ihre Verlorenheit so allein im Morgendunst.

Ich sah dich. Und ich pflückte die Rose und brachte sie dir. Das passt nicht, dachte ich unterwegs, das ist romantisch, sogar kitschig. Was aber konnte die Rose dafür, dass sie ausgerechnet eine Rose war. Was konntest du dafür?

Und ich brachte sie zu dir.

Freilich überlegte ich auch, ob ich sie nicht behielte. Als Andenken behielte. Dann blieben mir neben dem Esslöffel mit dem blauen Griff, den du hier gelassen hattest, noch die Blüten. Für einige Tage wenigstens. Vielleicht auch für eine oder zwei Wochen. Dann

würden langsam die Blätter welken. Schließlich stünde der Stil mit seinen kleinen Verästelungen nackt und hart in meiner Vase.
Ich brachte die Rose zu dir.
Du lächeltest, wie du immer gelächelt hattest, wenn wir uns jenseits der Wörter befanden. Und erst jetzt sah ich, dass die Blätter rötlicher waren, dass sie bei dir nicht mehr allein waren. Und dass es gut war, sie aus der Verlorenheit des Morgengraus gepflückt zu haben, sah ich erst jetzt.
Schau, da ist noch eine kleine Knospe, vielleicht kommt da noch was, sagtest du.
Und das so spät im Herbst, sagte ich. Und wir lächelten, wie wir immer gelächelt hatten, wenn wir uns jenseits der Wörter befanden.

Eisglut

Schon die Tage vorher war es ziemlich kalt gewesen. Was sag ich ziemlich? Es hatte über zwanzig Grad unter null. Und übrigens keinen Schnee. Unpraktisch war das auf jeden Fall für uns. Ich meine, dass es so kalt war. Das mit dem Schnee passte ganz gut. Wir beide waren uns schnell einig, was die Organisation des Holzes betraf. Organisation sag ich jetzt so. Wir hätten es damals nie so genannt. Diese betulich intellektuelle Metasprache war uns viel zu albern. Das war was für die, die zur Jungen Union gingen oder in den Tanzkurs. Aber die blieben ja auch zu Hause an Weihnachten und besuchten am ersten Feiertag Erbonkel Erich.
Also wir gingen am Tag vor Heiligenabend in den Wald, brachen reif- und eisüberzogene Äste von den nicht mehr gesunden Fichten und legten sie auf einen Haufen. Mitten im Wald übrigens. Nicht so eine neuromantische Fackelidee zwischen Gartenhaus und Gartenzwerg, sondern weg, weg ins Weglose, außer Sicht, Winternebelniemandsland, Revier ohne Zimt und Zucker. Jedenfalls konnte ich den Zeitpunkt gar nicht erwarten, bis die Mitternachtsmesse anfing.

Natürlich sagten wir das nur so, dass wir da hingehen, damit keiner merkte, dass wir weg sind. Die Taschenlampen brauchten wir kaum, weil ja die Sterne da waren. Und den Weg, der wie gesagt keiner war, kannten wir gut. Das Holz lag noch so, wie wir es gestern hinterlassen hatten. Es war nicht gerade viel für eine Nacht, fiel mir auf. Jeder von uns packte aus seiner Plastiktüte Pappe aus. Heinz zog auch etwas Bauholz hervor. Ich lächelte ihn an. Es war gut, dass er daran gedacht hatte. Wir schichteten, und in so was waren wir ganz schön geübt, mit Geduld und feinster Abstimmung untereinander, wortlos natürlich, Pappe, Bauholz und Fichtenäste auf. Die Pappe brannte, dann auch das Bauholz. Als wir da so warteten, ob das richtige Holz auch brennt, wurde es immer stiller. Ich meine, es war ja sowieso still, weil keiner von uns was sagte. Aber jetzt, als wir da vor dem zarten Feuerchen standen und uns gar nicht sicher waren, was daraus wird, da wurde es so still, dass wir die Stille hinter unserem Rücken spüren konnten. Als ob der ganze Wald sich mit der Einsamkeit des Schweigens um uns und unsere Glut versammelte. Und dann hörte ich, natürlich nicht richtig, sondern so in meinem inneren Ohr, eine Melodie. Es war der Anfang von der ersten Sinfonie von Tschaikowsky, das wusste ich genau. Eigentlich wollte ich das dem Heinz sagen, auch, dass ich den Tschaikowsky so gern mag, und ihm was erzählen über den. Aber dann knackte es und fast schon knisterte es und wir lächelten uns an und ich dachte, Mensch! Feuer mitten im Wald an Weihnachten und Tschaikowsky im Ohr, das gibt's nur einmal auf der ganzen Welt, und zwar hier. Ich sagte gar nichts über den Tschaikowsky, und das war auch gut so, weil der Heinz keine klassische Musik mochte und wir uns sowieso auf einen gefällten Baumstamm setzten, der natürlich arschkalt war. Aber wen schon interessierte das. Erstens hatten wir die Wodkaflasche dabei. Zweitens waren da oben die Sterne. Und außerdem: Wir hatten es geschafft. Wirklich!

Heimkehr

Wie eine Amsel, die ihr Lied in die Dunkelheit singt.
Wie die Knospe unter dem Herbstlaub.
Oder wie der, der lieben lernte, immer denselben Stein auf den Berg zu tragen.

Wir gingen so ziellos, damals, über die Rücken der Berge. Du klettertest auf einen Felsen. Ich war knapp hinter dir. Du wurdest gehalten vom Vertrauen, das mich hielt. Da war ein Haus. Wir aber hatten ein Zelt und fanden eine Wiese für unser Zelt. Etwas Abendsonne gab uns die Zuversicht, auf einer Wiese, mitten im Naturschutzgebiet ein Zelt aufschlagen zu können. Deine Kuscheldecke war dabei. Deine Puppe Wake war dabei. Während der Wind draußen leise das Gras rührte, las ich dir aus Tomte Tummetott vor, unsere Abenteuer dieses Tages fanden im nachts umherstreifenden Tomte einen Mitstreiter und zugleich wurden wir, ja auch ich, durch die milde Zuwendung seiner Taten der friedvollen Stille des Abends anvertraut. Wie Zugvögeltöne klang nach, was wir an diesem Tag erlebt hatten. Die Wiese hinter dem Bauernhaus, deren Sommerblüte fast die Milde und Kühnheit von

Alpenwiesen aufleuchten ließ. Deine Tapferkeit, du ließest es dir nicht anmerken, dass du nicht mehr konntest, ich spürte es und nahm dich auf den Rücken. Du saßest dann auf dem Rucksack, ich hielt dich an deinen feinen Fußgelenken. Eine liebe schwere Last, die sich noch dazu bewegte. Deine Bewegungen brachten mich etwas aus dem Gleichgewicht, ich änderte dann meinen Rhythmus. Du hieltst dich an meiner Stirn oder legtest deine Hände um meinen Hals, manchmal hieltst du mir auch die Augen zu. Einfach so. Ich glaube, ohne Absicht. Eine Zeitlang konnte ich dich so tragen, dann gingst du wieder allein.
Heidelbeeren am Wegrand. Wir stapften in die Büsche und aßen. Nach stundenlangem Wandern klein dosierte Einheiten von Fruchtfleisch. Wie eine Oase. Hinterher wusste ich nicht, wie wir unsere Münder und Hände sauber kriegen sollten. Unser mitgebrachtes Wasser war natürlich zu kostbar.
Ich hörte die Schritte während des Vorlesens. Er bat freundlich, das Zelt zu öffnen. Er sah dich in deiner gemütlichen Decke mit Wake im Arm. Er blieb freundlich und dennoch fanden wir uns bald in seinem Auto wieder. Er wollte uns zum nächsten Zeltplatz bringen. Dass er Förster war, beeindruckte dich mehr als mich, glaube ich.

War es dieser plötzliche, unwillkommene und unvorbereitete Aufbruch?
Oder hatte ich mich in meiner Zuwendung zu dir verausgabt, war meine Liebesenergie erschöpft?

Wir gingen am nächsten Morgen die Forststraße zurück, um über den Bergrücken zu unserem Auto zu gelangen. Ich, einige Schritte voraus, ein wenig Abstand zu dir, suchte das Alleinsein, hatte kaum mehr Geduld neben dir und deinem Tempo. Hatte nicht mehr die Kraft, dich zu tragen. Du gingst meist still hinter mir her. Wenn du neben mir gingst, spürte ich die Nähe, die uns gestern hielt. Doch hielt ich sie nicht lange aus. Das Band, das uns gestern ungefragt und selbstverständlich den Berg hoch trug, war sichtbar geworden und zugleich mürbe und fragil. Es trieb mich etwas weg von dieser Verbundenheit, ja Einheit mit dir. Es trieb mich hin zu meinen Gedanken, zu meiner Innenwelt, der ich unbedingt glaubte Raum geben zu müssen. Ich glaubte, so etwas wie ein Recht auf Fürmichsein, auf Rückzug und eigenes Tempo zu verspüren. Diese Vorstellung löste wie ein Mechanismus, dem ich machtlos gegenüber war, unsere zuweilen wiederhergestellte Einheit immer wieder auf. Das Merkwürdige war, dass ich mir sowohl der Gefühle des vorherigen Tages wie auch des jetzigen Prozesses sehr bewusst war, ja, ich nahm auch die Traurigkeit, die meine Veränderung begleitete, deutlich wahr. Jedoch fand ich keine Möglichkeit, etwas zu tun, was mich hätte dir ganz zurückbringen können.

Oben auf dem Bergrücken machten wir eine Pause. Wir saßen neben dem Pfad im Gras. Es war noch nicht einmal Mittag und wir hatten keine Eile. Es gab keine zeitliche Verbindlichkeit, der wir hätten nachkommen müssen.

Am Wegrand lagen kleine Stöcke. Du nahmst sie in die Hand und spieltest damit. Einfache, krumme abgefallene Ästlein. Deine Phantasie lebte sich ein in diese drei Ästlein. Du saßest da und murmeltest etwas, während du sie übereinander legtest. Ein Bild des Friedens, der Unbekümmertheit tiefsten Seelenheiles. Und ich? Ich konnte dir diese Minuten nicht lassen. Eine Zeit lang schaute ich dir zu. Dann trieb es mich zum Aufbruch und ich mahnte zum Weitergehen. Du murrtest nicht einmal, gingst einfach mit. Gerade in der Stille deiner Widerspruchslosigkeit hörte ich meine eigene Leere. Spürte die Wunde meiner eigenen Kinderseele, die ich ja durch dich wieder entdeckt hatte, der du mich den Pfad in meine vergessene frühe Zeit zurückgeführt hattest und mich immer noch führst.

Und so bist du mir heute Nacht begegnet, in einem Traum. Ich war in der Küche eines Hauses und hörte Geräusche. Ich ging, um nachzusehen, erwartete eine Frau, eine Freundin. Oben aber auf dem Bett saßest du, zusammen gekauert, sagtest, du müsstest dich hierher zurückziehen, es ginge dir nicht gut.
Ja, ich hatte dich vergessen. Wieder vergessen. Und wieder wende ich mich dir zu, werde dich willkommen heißen in meinem Haus, wir werden Lieder singen in der Nacht, wieder werde ich mich mit deinem Tempo vereinen, mit deinem Atem. Wir werden Nächte wachen und immer wieder zurückkehren zu jenem Bergrücken. Bis wir irgendwann zusammen dort am Wegrand sitzen und spielen und spielen, wir werden nicht einmal merken, dass die Wolken vorüber ziehen, und in der Milde der Abendsonne legst du deine Hand in meine und wir gehen hinunter, fraglos, ziellos, du und ich.

Fluchten

Das kleine Mädchen hüpft auf dem Bürgersteig. Von einem Bein aufs andere oder so. Das möchte ich auch. Und irgendwann bin ich auch einmal so gehüpft, und wenn nicht, werde ich es noch tun.
Die Frau in der Tankstelle sagt nicht viel. Ich überlege, ob ich noch eine Bockwurst esse. Aber weil B. mir gestern wieder gesagt hat, dass ich nicht viel Fleisch essen soll, bezahle ich den Sprit mit meiner Karte. Aber dann will ich doch die Bockwurst und sage es der Frau. Die schaut mich erstaunt an. Ich denke schon, sie hat keine Bockwurst mehr. Allerdings hat sie eine, nur kann sie die nicht mehr in die Karte eintippen, deswegen schaut sie einen Augenblick erstaunt, bis ich ihr sage, dass ich die Bockwurst bar bezahle.
Während ich an dem runden Tisch stehe und esse, schaue ich zu der Frau hin, eigentlich will ich in dem Landboten lesen, aber die Diskussionen um den Breitbandausbau interessieren mich nicht, beziehungsweise sie ärgern mich und darum schaue ich zu der Frau an der Kasse. Oft, wenn ich Frauen hinter einer Kasse sehe, denke ich, dass die um jeden Mann froh wären. Das fällt mir jetzt auf, weil ich es auch

bei dieser Frau denke. Sie ist nicht schön und nicht hässlich und hat Halsweh, jedenfalls trägt sie einen Schal. Und wenn ich hinter der Kasse stünde? Wäre ich dann auch weniger wert?
Der Plattenweg ist länger, als ich ihn in Erinnerung habe, und kurviger und buckliger. Vor mir matschiges Gelände. Ich denke an mein Auto, das zur Zeit einigermaßen sauber ist, und bleibe stehen, im Begriff umzudrehen. Dann sehe ich weiter vorne den Weg wieder frei, weiße Plattenmeander schlängeln sich auf den Hügel, zu dem mich heute irgendwas hintreibt. Ich gebe Gas, der Dreck prasselt unter mir ans Blech, ich rutsche zur Seite, ein wenig vom Weg ab, bin aber gleich wieder oben, gebe richtig Gas, es macht mir Spaß, richtig Gas zu geben und zu sehen, wie die Matschbrocken von den Rädern nach hinten katapultiert werden, fontänenartig. Ich juchze und denke noch nicht an das kleine Mädchen auf dem Bürgersteig.
Das Gesicht zur Sonne gewandt, gehe ich die Allee entlang, die Blätterlosigkeit der Bäume gewährt mir die volle Kraft der ersten Frühjahrsstrahlen. Ein Hund, ein junger mit hellbraunem Fell, kommt aus einem Hof gelaufen und beschnuppert mich. Ich streichle ihn ein bisschen, ein bisschen habe ich auch Angst vor ihm, er spielt mit meiner Hand, indem er

sie vergnügt mit den Zähnen berührt. Nun habe ich keine Angst mehr, ich nenne ihn Fuchsi und gehe weiter.
Fuchsi bleibt auf dem Weg sitzen und schaut mir nach, ich weiß nicht wie.
Ich weiß aber, was ich jetzt brauche, die Wärme und genau diesen Weg, und dass ich die Arbeit nicht vermisse, wie immer, wenn ich einige Tage nicht gearbeitet habe. Ich drehe mein Gesicht wieder zur Sonne hin und sehe in die Fluchten von kurz gestutzten, angelegten Apfelplantagen, fast mediterran, denke ich und weiß zugleich, dass es nicht stimmt, dass das nur an der Frühmärzsonne liegt. Und dann sehe ich meine beiden Kinder, natürlich sehe ich sie nicht echt, so wie ich die Bäume sehe, aber irgendwie sehe ich sie doch. Sie sitzen auf ihren Fahrrädern, schlenkern dahin, natürlich ohne Helm, der Junge etwas voraus, manchmal weit voraus, sodass ich, ich bin ja auch dabei, mich anstrengen muss, ihn nicht aus meiner Schutzära zu verlieren. Er ist ja noch klein. Bald wird der Sturm aufkommen und wir werden uns unterstellen in einem Carport in diesem kleinen Dorf. Wir werden dort das Gewitter vorüberziehen lassen, gebannt die Blitze sehen, gespannt, neugierig werden wir hineinlauschen in den Donner. Dann werden wir wieder aufbrechen

und auf dem Asphalt merken, dass es jetzt anders riecht als vorher.

Meine Tochter wird vor dem Pferd, das an der Böschung steht, absteigen und ihm irgendetwas sagen. Wir werden es nicht verstehen, aber auch absteigen und warten, so wie man wartet, wenn etwas Gutes geschieht, das man nicht verstehen muss.

Ich entlasse meine Kinder ungern nach Hause und gehe den Weg zurück. Fuchsi bleibt im Garten, ich höre ihn nur bellen. Manchmal, wenn es bergauf geht, laufe ich, um mich mehr zu spüren. Dann gehe ich wieder langsamer. Oben, bei meinem Auto, bin ich verschwitzt. Da ist eine kleine Bank aus Holz. Sie ist wirklich schon so erwärmt, dass ich mich darauf setzen kann. Ein bisschen Wind kommt auf. Es zieht mir in meinen nassen Rücken. Ich entschließe mich zurückzufahren. Im Auto entdecke ich meine Sporttasche. Ich ziehe ein frisches T-Shirt an, nehme den Mohnstritzel mit, den ich mir beim Bäcker gekauft habe, und setze mich wieder auf die Bank. Eine Frau geht vorüber und sagt, dass man es so aushalten könne. Ich sage ja und dass ich überrascht sei von der Wetterveränderung nach den kalten Tagen. Ich esse langsam meinen Mohnstritzel und schaue über die Hügel. Das ist nicht meine Heimat, denke ich, aber es ist meine Heimat in der Fremde, weil ich hier

mit meinen Kindern war, als sie noch Kinder waren. Neben der Bank Schneeglöckchen. Ein grüner Traktor kommt den Hang heran gefahren.
Es ist kein John Deere, aber es könnte so einer sein, wie ihn sich unser Sohn zu seinem fünften Geburtstag gewünscht hat.
Ein Mann mit einem Hund geht vorbei, er sagt, so könne man es aushalten. Ich sage nur noch ja. Ich schaue dem John Deere nach, lege meinen Kopf zurück, schließe die Augen, und wo gerade noch die Sonne war, ist es jetzt auf einmal, das kleine Mädchen auf dem Bürgersteig.

Vesper

Wie ich in den Park kam?
Ich sah in ihn hinein, auf dem Anstieg zum Zentrum von Portomarin.
Und gab dem Gefühl nach, dort ein wenig verweilen zu wollen.
Ich legte mich ins Gras und meine blanken Füße in die Sonne.
Plötzlich war sie neben meiner Sandale. Riss das Maul auf.
Dann sprang sie auf meinen Fuß, blieb dort, leicht eingekrallt.
Ich konnte jetzt nicht einfach weggehen. Das durfte ich nicht.
Ich fragte die kleine Elster, sprach mit ihr.
Sie blieb ruhig auf meinem Fuß sitzen, manchmal pickte sie, fast zärtlich, in meinen großen Zeh.
Mein ganzes Bemühen war darauf gerichtet, meinen Fuß still zu halten. Und so saß ich eine lange Weile.
Eine Spanierin, die mit ihrem kleinen Kind vorüberging, versuchte ich stammelnd, zeigend und gestikulierend zu fragen, was ich mit diesem aus seinem Nest gefallenen Geschöpf anfangen sollte. Sie

schüttelte irritiert den Kopf, blieb nicht einmal stehen.
Dann wusste ich, ich musste es mit Brot versuchen. Vorsichtig nahm ich die Elster in meine Hand und setzte sie in meine Sandale. Ein Laden war in der Nähe.
Ich war bald zurück und die Elster saß in meiner Sandale.
Ich legte ihr Krümel in die Sandale. Sie sperrte ihr Mäulchen weit auf, fraß aber nichts.
Sie braucht ihre Mutter, dachte ich. Ich bin nicht deine Mutter, sagte ich laut zu ihr. Daraufhin sprang sie auf meinen Fuß. Das einzige, was ich ihr geben konnte, war mein Fuß. Den aber brauchte ich doch, um vorwärts zu kommen. Ich blieb einfach sitzen. Lange blieb ich einfach sitzen und sprach immer wieder zu ihr. Unten auf dem Weg strömten die Pilger in die Herberge, in die auch ich musste. Musste ich? Ich wollte, aber konnte nicht. Eine kleine Elster auf meinem rechten Fuß ließ es nicht zu, dass ich einen Platz in der Herberge von Portomarin bekommen würde.
Je näher der Abend kam, umso gelassener wurde ich seltsamer Weise, umso gleichgültiger wurde mir mein Wissen, dass die nächste Herberge weit entfernt und ein Quartier ungewiss war.

Ich saß einfach und verstand plötzlich, dass es viel war, einfach hier zu sitzen. Vielleicht sogar alles.
Ein fremder und zugleich so vertrauter, so gewisser Gedanke kam mir.
Ich sitze hier, dachte ich, weil ich lieben können will in meinem Leben. Ich werde die Liebe nicht leben, wenn ich jetzt gehe.
Und: Ich bleibe hier, weil ich sterben können will in meinem Leben.
Ich werde den Tod nicht finden, wenn ich jetzt gehe.
Diese Gedanken waren sonderbar und zugleich leicht, sie waren einfach da.
Vielleicht erfuhr ich einen Hauch der Gabe, des Geheimnisses, dass Liebe und Tod eins sind, dass es eine Hingabe an das eine ohne die Hingabe an das andere nicht gibt. Dass ich bisher mein ganzes Leben in der Illusion gelebt hatte, beides trennen zu können.
Leiser Wind legte sich in die Bäume und nur noch matt spürte ich die Abendsonne. Ich mochte lange so gesessen haben.
Dann ging ich doch. Es war vielleicht die einzige kleine Überlebenschance für meine Elster, wenn ich ging. Vielleicht nahm ihre Mutter sie wieder an. Ich sagte ihr das alles, nahm sie wieder vorsichtig in meine Hand und setzte sie auf die Wiese. Ich weinte

erst, als ich ihr schon den Rücken zuwandte. In die Herberge von Portomarin ging ich nicht.
Ich brauchte jetzt das Alleinsein. Ich brauchte die Nacht und den langen, den weiten Weg.

Inhalt

Statt eines Vorwortes *6*
Wunsch *9*
Wer bist du *10*
Wir *11*
Sonnentage *12*
Morgen *13*
Statt eines Versprechens *14*
Illusion *15*
Begegnung *16*
Inventur *17*
Inventur 2 .... *18*
Wilder Mohn *19*
Anwesenheit *20*
Hingabe *21*
Jetzt *22*
Ecce homo *23*
Lichtung *24*
Endlich *25*
Griechischer Tempel *26*
Stille *27*
Narziss *28*
November *29*
Kairos *30*
Bank am Meer *32*
Novemberhaus *34*
Ungeduld *36*
Tau *37*

Angekommen *38*
Dir *40*
Zu hören und zu lesen *41*
Königsweg *42*
Carlo *46*
Eine Bank für drei *53*
Mendelssohn nach acht *58*
Lila Bett *64*
Die letzte Rose *66*
Eisglut *68*
Heimkehr *71*
Fluchten *76*
Vesper *81*
Inhalt *86*
Autor *88*

Autor

Martin Schmusch, geboren 1955 in Penzberg (Oberbayern), Studium der Literaturwissenschaft und Latinistik, Tätigkeit als Lehrer, leitet seit 2009 Fortbildungen und Schreibseminare. Er lebt in Flintbek bei Kiel.
Literarische Veröffentlichungen: *Auf Augenhöhe*, Gedichte und Kurzgeschichten, Engelsdorfer Verlag, Leipzig, 2007, sowie Beiträge in *Karmesinklänge*, eine Anthologie, Helicon Verlag, Kiel, 2007

In der Reihe Bordesholmer Edition erschienen:

Bd. 1: Das Grab auf der Insel
Der erste Bordesholmkrimi
von Jürgen Baasch, Lydia Glaubke, Charlotte Günther,
Ines Reich und Hartmut Wiedling
ISBN 978-3844800067   172 Seiten   Preis 9,90€

Bd. 2: De Borsholmer Jedemann
Hugo v. Hofmannsthal sien Stück,
in`t Plattdüütsche sett vun Jürgen Baasch
ISBN 978-3848218066   128 Seiten   Preis 8,90€

Bd. 3: Das Licht
und andere Erzählungen
von Jürgen Baasch, Kirsten Frahm,
Viktor Vogt und Hartmut Wiedling
ISBN 978-3848227112   136 Seiten   Preis 8,90€

Bd. 4: Krimidinner
Kriminalroman
von Hartmut Wiedling
ISBN 978-3848219711   260 Seiten Preis 14,90€

Bd. 5: Schmalsteder Beifang
Der zweite Bordesholmkrimi
von Jürgen Baasch, Silvia Biener, Charlotte Günther,
Diana Kühl und Hartmut Wiedling
ISBN 978-3-8482-2419-7   164 Seiten   Preis 9,90€

Bd. 6: Murmelspiel und Schabernack
Alltagsgeschichten aus unserer Nachkriegskinderzeit
Biografische Reihe, Hrsg. Jürgen Baasch
ISBN 978-3848241415   168 Seiten Preis 10,90€

Bd. 7: Biografische Splitter
Biografische Reihe, Hrsg. Elmer Schmidt und Jürgen Baasch
ISBN 978-3732230983   138 Seiten   Preis 9,90€

Bd. 8: Doppelbilder - Vier Paare, acht Geschichten und ein Gastspiel
9 Erzählungen
von Hartmut Wiedling
ISBN 978-3842342118   136 Seiten   Preis 8,90€

Bd. 9: Ein Haus wird Hundert
Geschichten zur Geschichte
von Franz Rohwer
ISBN 978-3732254576,   88 Seiten   Preis 8,50€

Bd. 10: Lotosblüte
Der dritte Bordesholmkrimi
von Jürgen Baasch, Kirsten Frahm, Charlotte Günther,
und Hartmut Wiedling
ISBN 978-3732286584   176 Seiten   Preis 9,90€

Bd. 11: Rezepte für die faule Hausfrau
Kleines Kochbüchlein ohne Anspruch auf Michelinsterne
von Durannimo von der Wied
ISBN 978-3732286287   52 Seiten   Preis 3,90€

Bd. 12: Letztes Jahr
Satirischer Endzeitroman
von Hartmut Wiedling
ISBN 978-3-732289400   156 Seiten   Preis 9,90€

Bd. 14: Wenn Papa lange wegfährt
Ein Bilderbuch für Kinder
Von Kristina Dohrn
ISBN 978-3-735723086   4 Seiten   Preis 13,90€

Bd. 15: Odile
Erzählung
von Hartmut Wiedling
ISBN 978-3-735719409   84 Seiten   Preis 7,90€

Bd. 16: Nordlicht
Heimatgeschichten
Biografische Reihe
Herausgegeben von Jürgen Baasch
ISBN 978-3-735775726   180 Seiten   Preis 9.90€

Bd. 17: Die Seminaristin
Der vierte Bordesholmkrimi
von Jürgen Baasch, Kirsten Frahm, Charlotte Günther,
und Hartmut Wiedling
ISBN 978-3-7357-7074-5   184 Seiten   Preis 9,90€

Bordesholmer Edition
eine Reihe für Autoren von Bordesholm und Umgebung
Herausgeber: J. Baasch und H. Wiedling, Bordesholm
bordesholmer.edition@yahoo.de

Herstellung und Verlag:
BoD - Books on Demand, Norderstedt
ISBN 978-3-7347-5811-9